Peter Bichsel
Dezembergeschichten

Herausgegeben von
Adrienne Schneider

Insel Verlag

Insel-Bücherei Nr. 1388

Dezembergeschichten

Feiertage

Ostern ist vorbei. Erinnern Sie sich noch, wie wir uns vor einer Woche »Frohe Ostern« und »Schöne Festtage« gewünscht haben?

Haben wir nun wirklich den Opfertod und die Auferstehung Christi gefeiert? Nein, das haben wir wohl nicht. Ich bin nicht einmal sicher, ob ein Pfarrer oder Bischof das getan hat. Aber wir haben gut gekocht an Ostern, oder uns bekochen lassen. Viele haben an Karfreitag Fisch gegessen – einen teuren Fisch, wenn schon, selbstverständlich: Seezunge, Dorade, Hecht. Die ersten Spargel – teuer – auch, die hat man sich am Donnerstag gekauft, und die Verkäuferin hat »Schöne Ostern« gewünscht – und irgendwie haben wir uns alle auf Ostern gefreut. Und Ostern wird trotzdem nie so richtig Ostern.

In Sachen Weihnachten haben wir uns bereits daran gewöhnt: Der Dezember ist ein Streß, Geschenke und Geschäfte, und das Fest zu Hause will nicht mehr so richtig gelingen. Aber es muß trotzdem sein, das Fest, es muß auch sein, wenn wir nicht an jenen glauben, der an Weihnachten geboren wurde. Und viele haben den Verdacht, daß uns die Geschäfte das Weihnachtsfest versauen.

Das kann nicht wahr sein, denn vor Ostern sind die Verkaufsgeschäfte viel weniger aggressiv als an Weihnachten, und an Pfingsten treten sie überhaupt nicht in Erscheinung, und wir werden uns auch vor Pfingsten »Frohe Pfingsten« wünschen, und wir werden auch vor Pfingsten einen guten Braten einkaufen, und irgendwie haben wir vor den Feiertagen doch immer die Vorstellung von etwas Besonderem.

Die Feiertage sind nicht besonders, weil sie uns zur Gewohnheit geworden sind, zu einer noch größeren Gewohnheit als der Alltag.

Eine Woche vor Ostern traf ich am Morgen in der Beiz verkaterte und betrunkene Leute. Sie waren sehr laut und sehr fröhlich. Sie feierten den Schweizermeistertitel des SCB Bern. Nein, sie waren nicht in Lugano, sie hatten nicht einmal alle das Spiel im Fernsehen gesehen. Aber sie feierten (versuchten zu feiern) das große Ereignis, und sie gingen für einen Tag, für zwei Tage nicht zur Arbeit – das ist ein hoher Preis für den Glauben an den SCB Bern –, und ich, der ich keine Neigung zu Eishockey habe, verstehe das eigentlich nicht.

Vier Tage feiern in Erinnerung an den Tod und die Auferstehung jenes Jesus von Nazareth ist kein hoher Preis – das sind staatlich festgelegte Feiertage, auf die wir uns jedes Jahr freuen und die uns Jahr für Jahr mißlingen.

Denn in Wirklichkeit sind das keine Feiertage, sondern nur zufällige Freitage.

Der besoffene Markus aber in der Beiz, der feiert diesen unnötigen Sieg von Bern eine ganze Woche, und ich kann das nicht nachvollziehen – ganz einfach nur deshalb, weil mir der Glaube fehlt.

So sind denn auch die Feiern zum Jahr 1991 nicht etwa gescheitert, weil »Kulturschaffende« – in Leserbriefen heißen sie »sogenannte Kulturschaffende« – nicht mitmachen wollten, sondern nur, weil 1991 nicht mehr ist als Weihnachten, Ostern und Pfingsten – nicht etwa die 700-Jahrfeier mißlingt uns, sondern alle Feiern.

So entscheidet sich halt dann der besoffene Markus für einen eigenen Glauben, für den Glauben an den SCB Bern. Dafür muß ich unter den verlogenen religiösen und nationalen Verhältnissen fast Verständnis haben. Der Glaube von Markus – er weiß es nicht – ist irrational, also echt.

Im übrigen ist Markus auch ein Nationalist, gegen Tamilen, gegen Ausländer, gegen alles, aber – wenn man ihn fragen würde – für die Schweiz. Zwar nicht für die Tessiner (Lugano), nicht für die Jurassier, nicht für die Thurgauer, aber für die Schweiz – nämlich dafür, dass er ein Schweizer ist und eben nicht ein Ausländer.

Ich weiß nicht, ob der Glaube von Markus an den SCB Ersatzreligion ist oder Ersatzpatriotismus. Es ist wohl nur eine Ersatzfeier, weil unsere Feiern so verlogen geworden sind.

Und wenn die Serben nicht mehr wollen, und wenn die Kroaten nicht mehr wollen, und wenn die Ukrainer nicht mehr wollen, und wenn die Jurassier nicht mehr wollen, die Letten, die Estländer – dann ist das vielleicht doch nichts anderes als die Suche nach der echten, der eigenen Feier – endlich etwas, das man überzeugt feiern kann. Die Feier der Leute in der DDR war eine wunderbare, und sie führte in den Kater wie die Feier von Markus.

Immerhin, die Suche nach Irrationalität ist vielleicht gar kein so schlechter Weg. Und wenn all die Bewegungen – auch die von Markus mit seinem SCB – auch einen sehr nationalistischen Eindruck machen – letztlich werden sie zur Auflösung der Nationen führen, zum Ende der verlogenen Feiern.

Lesebuchgeschichte

Am 24. Dezember betritt der Zeitungsverkäufer das Comestibles-Geschäft und fragt umständlich nach Kaviar. Er habe schon davon gehört, er wisse auch, daß es teuer sei, aber er wisse nicht, wie es schmecke, und er sei heute abend allein, und da möchte er einmal Kaviar essen. Er läßt sich den Geschmack beschreiben und kauft das Gläschen, bezahlt sehr viel dafür und läßt sich erklären, wie man Kaviar ißt und wie man das Gläschen öffnet (die Kante eines Geldstücks unter den Rand des Deckels schieben und hin und her bewegen, bis das Geräusch von austretender beziehungsweise eintretender Luft hörbar wird, dann kann der Deckel mühelos entfernt werden).

24. Dezember

25. Dezember

26. Dezember

Am 27. Dezember betritt der Zeitungsverkäufer erneut den Laden, findet das Mädchen nicht, das ihn bedient hat, und muß nun einem anderen Mädchen – wiederum umständlich – erklären, daß er am 24. Dezember Kaviar gekauft habe, daß er sich alles habe erklären lassen, daß er auch am selben Abend in seinem Zimmer versucht habe – zwei Stunden lang – das Gläschen zu öffnen, daß es ihm aber nicht gelungen sei.

Der Inhaber des Ladens, der sich an den Kauf vom

24. Dezember erinnert und auch bereits Freunden davon erzählt hat – von der Bescheidenheit und Größe einfacher Menschen vielleicht –, der Inhaber bemüht sich selbst, dem Zeitungsverkäufer noch einmal die Technik des Öffnens zu erklären, liebevoll und unter Erwähnung des Wortes »Vakuum«, ganz einfach so die Kante einer Münze unter den Rand des Deckels schieben und hin und her bewegen. Der Zeitungsverkäufer nickt, lächelt verlegen, entschuldigt sich mehrmals für die Störung, wie er sagt, sagt dann mehrmals: »Ich muß irgend etwas falsch gemacht haben«, läßt es sich zur Sicherheit noch einmal erklären und sagt: »Ich werde es aufbewahren und es an Silvester noch einmal versuchen«, und dann – schon unter der Tür – »wenn es an Silvester auch nicht aufgehen sollte, dürfte ich es dann zurückbringen?«

Das ist die Geschichte, und erst jetzt, nachdem ich sie aufgeschrieben habe, anderthalb Jahre später, fällt mir auf, daß ich den Zeitungsverkäufer schon lange nicht mehr gesehen habe. Ich kann also dem Leser noch einen Schluß anbieten, der ihm sicher gefallen wird:

Wochen später findet man eine verwesende Leiche im Bett (die Boulevardpresse gibt sich entsetzt und genießt ihr Mitleid), und Gerichtsmedizin und Polizei stellen anhand von sicheren Anhaltspunkten fest, daß der Tod zwischen dem 28. und 31. Dezember eingetreten sein muß. Neben dem Bett steht ein ungeöffnetes Gläschen Kaviar. Ein guter Schluß.

Aber was geschieht, wenn er weiterlebt, wenn es ihm

gelingt, das Gläschen zu öffnen an Silvester, oder wenn er es zurückbringt am 3. Januar? (Denn selbstverständlich hat der Inhaber des Ladens versprochen, das Gläschen zurückzunehmen, und er hat sich auch vorgenommen, bei Gelegenheit dem Zeitungsverkäufer einen kleineren Geldbetrag in die Hand zu drücken.)

Die Geschichte ist wahr. Der Inhaber des Ladens hat sie mir am 28. Dezember erzählt, und ich habe sie oft weitererzählt. Das Ende der Geschichte ist mir nicht bekannt, ich habe den Inhaber nie nach dem Ende gefragt, vielleicht weil die Geschichte kein Ende braucht, oder weil ich mich fürchte davor.

Ich habe, wenn ich die Geschichte erzählt habe, den Zeitungsverkäufer auch beschrieben, weil meine Freunde in der Stadt ihn bestimmt schon gesehen haben. Er war lang und hager, schwarze Kleidung, Gilet, etwa siebzig Jahre alt, und er ging von Restaurant zu Restaurant, um seine Zeitungen zu verkaufen. Aber er sah nicht aus wie einer, der sonst in Wirtschaften geht, und er hatte keine Routine im Zeitungenverkaufen; er rief seine Zeitungen nicht aus, machte keine Späße, sondern ging schüchtern von Tisch zu Tisch und bedankte sich mehrmals, wenn jemand eine Zeitung kaufte. Oft drehte er sich, nachdem er vom Tisch weggegangen war, noch einmal um und bedankte sich nochmals, weil er nicht sicher war, ob er sich schon bedankt hatte, und er wünschte mehrmals einen schönen Abend.

Sein ehemaliger Lehrer wäre mit ihm zufrieden gewesen.

Sein ehemaliger Lehrer wäre mit ihm zufrieden gewesen, denn er hatte ihm beigebracht, nicht zu stören, was auch immer geschehen möge, nicht zu stören. Das hatte der Zeitungsverkäufer vor sechzig Jahren gelernt. Jetzt stört er nicht, jetzt fällt er nicht auf, und vielleicht hätte er das Gläschen Kaviar doch besser gestohlen. Damit hätte er endlich einmal gestört.

Sein Lehrer hatte ihm von der Größe der Armut und der Größe der Demut erzählt, und deshalb ist das nicht die Geschichte vom Zeitungsverkäufer, sondern die Geschichte vom ehemaligen Lehrer, der mit seinem Schüler zufrieden gewesen wäre.

Der Lehrer lebt nicht mehr, und der Zeitungsverkäufer ist tot. Ich kenne den Namen des Zeitungsverkäufers nicht. Ich kenne nur den Namen der Zeitung. Es ist die Zeitung, die der Inhaber des Ladens täglich liest. Selbstverständlich ist der Ladeninhaber unschuldig, selbstverständlich auch der ehemalige Lehrer, der mit seinem ehemaligen Schüler zufrieden gewesen wäre.

So bleiben als mögliche Schuldige nur noch ich und du, und vielleicht die Zeitung, ganz abgesehen davon, daß er das Gläschen Kaviar doch besser gestohlen hätte.

Dummheit ist Macht

Die zwei, die vor mir über die Brücke gehn, sind offensichtlich Brüder, der eine etwa zehnjährig, der andere zwanzig. Der kleine redet sehr aufgeregt auf den anderen ein, und der ältere antwortet väterlich bedächtig und erklärt die Dinge. Sie sprechen spanisch, ich verstehe kein Wort, aber der Tonfall macht sie zu Brüdern, und der Tonfall läßt Fragen und Antworten erkennen. Und plötzlich sprechen sie Schweizerdeutsch, völlig akzentfrei. Sie wechseln die Sprache, wohl ohne es selbst zu bemerken, und sie sehen jetzt, während sie Schweizerdeutsch sprechen, plötzlich auch nicht mehr wie Spanier aus. Es ist ein schönes Gespräch zwischen dem wissenden älteren Bruder und dem fragenden kleinen. Ich hätte gern weiter zugehört, aber dann sprechen sie wieder spanisch.

Erst gestern mußte ich wieder einmal in der Beiz bei angetrunkenen Bauarbeitern die Italiener und die Spanier verteidigen. Man sagte, sie seien Tiere und strohdumm und hätten keine Ahnung.

Die Theorie ist alt, daß der unterste Schweizer in der Rangordnung einen braucht, der noch weiter unter ihm ist und den er unterdrücken kann. Vielleicht aber sind die Italiener und Spanier doch etwas ungeeignet dazu. Sie sind Wissende, sie können zwei Sprachen, kennen zwei Kulturen – sie haben einen weiteren und größeren Horizont. Vielleicht sind sie weniger als der Schweizer in die Schule gegangen, aber vielleicht waren sie bessere Schüler. Ich stelle mir vor, daß nur jene den Weg ins Ausland schaffen. Oder ganz einfach: Sie wissen zuviel, also haßt man sie.

Am Stammtisch demonstriert der kleine Sohn des dummen Wirts den Gästen, daß er schon lesen kann. Er holt sein Schulbuch und beginnt, mühsam zu buchstabieren. Ich war zwar mal Lehrer und auch mal Vater, aber ich habe das schon lange nicht mehr gehört, und ich höre fasziniert zu: dieses Gehacke, jede Silbe wird wie ein eigenes Wort betont und überbetont. Man muß es als Zuhörer selbst zusammensetzen und hat den Eindruck, daß der Buchstabierende den Sinn nicht mitbekommen kann. Aber es fasziniert auch, daß sich hier einer Sprache erobert, sich Buchstabe für Buchstabe vorkämpft, Silbe für Silbe erobert und mit Überbetonung quittiert und in Besitz nimmt.

Ein Betrunkener am Tisch, ein sehr stumpfer Mensch, hört auch zu. Ich wundere mich, daß er zuhört, aber es geht ihm wohl ähnlich wie mir. Er erinnert sich, erinnert sich vielleicht daran, daß er auch einmal einer war, der Lesen lernte und etwas Gescheites werden wollte.

Der Kleine liest die Josef-Geschichte, jene mit den sieben mageren und sieben fetten Jahren aus dem Buch Moses. Plötzlich brüllt der Wirt aus der Küche: »Hör doch auf mit dem Quatsch, wir haben doch nicht Weihnachten!« Der Kleine versteht, was der Vater meint, und sagt: »Aber, das ist doch ein ganz anderer Josef.« Und nun geht es los, und die Gäste beteiligen sich lachend: »Etwa der Vater von Josef oder der Bruder – ein Zwilling vielleicht.« Der Kleine versucht es noch einmal zu erklären, sanft und wissend. Es ist hoffnungslos, er ist der Kleine, er kann doch nicht der Wissende sein. Er packt seine Sachen zusammen und zieht sich zurück.

Die Wissenden haben es schwer. »Und wer viel lernt, der muß viel leiden«, hat schon der Prediger Salomon gesagt. Er hat es genauso gemeint, wie das der Kleine erfahren hat: wie das oft fremde Gäste bei uns erfahren.

Die heilige Zeit

Mein treuer Leser Egon teilte mir schon vor zwei Wochen mit, daß meine nächste Kolumne in die Weihnachtswoche falle. Und als ich nicht darauf reagierte, sagte er es ein zweites Mal.

Ich wußte gleich, was er damit meinte. Das war nicht irgendeine zufällige Bemerkung, das war ein Auftrag – oder noch mehr, es war Egons Hoffnung auf eine Geschichte, eine richtige Geschichte, eine Weihnachtsgeschichte.

Egon ist nicht nur mein bester Leser, er ist auch ein strenger Leser – ein Leser, der weiß, was er will, und er will eine Geschichte.

»Erzähl mir doch was, erzähl mir doch was«, wie Stefan, der ab und zu anruft, seinen Namen sagt und grüßt und dann schweigt und meine Frage, ob er noch da sei, mit einem knappen Ja beantwortet und weiter schweigt.

Es ist mir auch schon gelungen, mitzuschweigen, einfach auch nichts zu sagen – dann verabschiedet er sich nach ein paar Minuten und wünscht einen schönen Abend.

Offensichtlich möchte er einfach, daß mit ihm geredet wird. Aber was soll ich reden? Halt irgend etwas – aber nichts ist schwerer als das Irgendetwas.

Ja, Egon, ich weiß, du wirst dich auf diese Ausgabe der SI stürzen. Du wirst sie aufschlagen und bitter enttäuscht sein.

Ich sitze in der Beiz und suche verzweifelnd nach einem Thema für diese Kolumne. Eben ist ein leicht angetrunkener Weihnachtsmann in seinem Coca-Cola-Kostüm, der lange dasaß, wieder auf die Strasse gegangen, um Nüsse zu verteilen. Vielleicht sagt auch er zu den Kindern: »Erzähl mir doch was!«

Nein, lieber Egon, du bist nicht der einzige, der von mir – warum immer von mir? – eine Weihnachtsgeschichte erwartet. Es haben auch dieses Jahr wieder einige Zeitungen angerufen und gefragt, ob ich ihnen eine Weihnachtsgeschichte schreiben könnte.

Noch nie wurde mir eine Ostergeschichte abverlangt, noch nie eine Pfingstgeschichte.

Es gibt nur drei Arten von Geschichten: die Geschichten, die Kindergeschichten und die Weihnachtsgeschichten.

Und von keiner der drei Arten wissen wir so genau, wie sie zu sein haben, wie eben von den Weihnachtsgeschichten. Sie spielen in der Kälte, im Schnee, im Dunkeln – und sie haben mit jenem Ereignis vor 2000 Jahren in Palästina wenig zu tun.

Sehr wahrscheinlich war es der Stern von Bethlehem, der die Nacht nötig machte – und Nächte haben kalt zu sein, und schon sind die Nächte deutsch und verschneit und die Palmen werden zu Fichten.

Ich weiß, Egon, du möchtest nicht so eine Weihnachtsgeschichte von mir, sondern eine andere, eine ganz andere, die aber dann doch eine richtige Weihnachtsgeschichte sein sollte.

Geschichten erzählen ist umgehen mit Zeit. Eine Geschichte hat seine Zeit, hat einen Anfang und ein Ende, wie das Leben.

Umgehen mit Zeit – die Weihnachtszeit, das klingt so schön: Zeit haben, die Zeit lang werden lassen – die Sehnsucht danach, nur zu sein und Zeit zu haben. Das muß auch mit dem Jahresende zu tun haben, mit dem verlorenen Jahr, mit der verlorenen Zeit: »Erzähl mir doch was, erzähl mir doch was« – eine lange Geschichte, eine Geschichte die lange Zeit dauert, eine Geschichte über die lange Zeit, di längi Zyt, eine Geschichte über die Sehnsucht, die Sehnsucht, die uns die Zeit lang macht – längi Zyt.

Und solange erzählt wird, wird nicht geredet, wird nicht argumentiert, wird nicht gestritten – erzählen ist friedlich, und der wahre Frieden ist eine große und wunderbare Erzählung, eine Ahnung, eine Sehnsucht, ein Umgehen mit der langen Zeit.

Das ist es wohl, was uns in dieser Weihnachtszeit so streßt – nicht einfach die Einkäufe und die Umstände und das Gedränge im Warenhaus, sondern jetzt – am Ende des Jahres, am Ende eines Zeitabschnittes die Erinnerung daran, daß es eine Zeit gibt, eine Zeit, mit der wir umgehen sollten, die uns gehören sollte – aber wir haben sie verloren –, nun suchen wir sie und hetzen ihr nach. Aber die Zeit ist langsam und erreicht uns nicht mehr.

»Ja, ja – die heilige Zeit«, sagen die Leute und meinen damit nichts Schönes. Sie meinen damit, daß es mehr Betrunkene gibt in der Kneipe, daß die Leute unfreundlich werden, unfriedlich und bösartig – und sie reden und reden und reden.

Erzählen aber ist etwas anderes als reden – erzählen ist eine eigenartige Form von Schweigen, erzählen ist der Weg in die Stille.

Lieber Egon, selbstverständlich hast du ein Recht auf eine Geschichte – aber nicht nur der Zuhörer muß für sie die Stille finden, sondern auch der Erzähler.

Seit zwei Wochen suche ich diesen Weg in die Stille. Aber auch ich habe in dieser Zeit die Zeit verloren. Eine Geschichte wäre jetzt eine Lüge.

Aber erinnerst du dich, es kam schon vor, daß wir uns in der Beiz trafen, uns gegenüber saßen und schwiegen. Das kann wunderschön sein, mit jemandem schweigen zu können.

Das ist wie das Eintauchen in eine große Geschichte. Erzählen ist einüben in das Schweigen und wir lassen für einmal diese Seite sozusagen eine weiße Seite sein: Weiß wie Schnee und weiß wie eine Weihnachtsgeschichte.

24. Dezember

Immer am 24. Dezember, immer um vier Uhr nachmittags, treffen sich Otto und Peter im Restaurant »Rössli«. Das war zwanzig Jahre so etwas wie ein Zufall, aber letztes Jahr sagte Peter, daß er leider nicht kommen könne, weil er ausnahmsweise für das Kochen des Rollschinklis verantwortlich sei, und dieses Rollschinkli habe eine Kochdauer von fast zwei Stunden, und um sieben sei die Familie versammelt. Da sagte Otto: »Aber das ist doch eine Tradition, daß wir uns treffen am 24. Dezember um vier Uhr.« Seither ist der Zufall eine Tradition.

Am 24. Dezember um vier Uhr holt Franz Brunner seine Jagdflinte aus dem Schrank. Schon seit über dreißig Jahren holt er am 24. Dezember seine Jagdflinte aus dem Schrank. Nicht eigentlich, um sie zu putzen, vielmehr, um sie zu streicheln. Das Entfernen des Laufs und das Siebeln des Laufs ist unwichtig und nur eine Gewohnheit. Viel wichtiger ist das Polieren der kleinen Silberbeschläge am Schaft. Am 24. Dezember streichelt Franz Brunner die Silberbeschläge seiner Jagdflinte. Franz ist sonst kein zärtlicher Mensch.

Am 24. Dezember bestellen Otto und Peter im Rössli einen halben Roten. Sie treffen sich oft im Rössli, jede Woche dreimal. Aber am 24. Dezember ist es etwas Anderes, ist es eine Tradition.

Am 24. Dezember um vier Uhr holt Walter Binswanger seine Schuhschachtel aus dem Kasten, wie immer am 24. Dezember. Bevor er sie öffnet, streichelt er sie. Walter Binswanger ist sonst kein zärtlicher Mensch.

Am 24. Dezember gegen vier Uhr rennt Fritz zum Einkaufszentrum. Er hatte, wie immer, gesagt, daß ihm kein Weihnachtsbaum ins Haus komme. Um vier Uhr schließen die Läden. Nun rennt er doch noch. Jahr für Jahr überrascht er seine Frau damit, daß er doch einen Weihnachtsbaum bringt. Fritz kauft sonst nie im Zentrum, er findet das Zentrum scheußlich. Fritz mag das Wort »Blautanne«, das klingt so schön. Sonst mag Fritz wenig.

Um vier Uhr zwanzig bestellen Otto und Peter einen zweiten Halben.

Um vier Uhr zwanzig zündet Franz Brunner eine Zigarette an. Es ist die erste in diesem Monat. Franz Brunner raucht im Dezember nie, er beginnt erst wieder an Weihnachten. Barbara Brunner, seine Frau, freut sich, wenn er wieder raucht. Er war nicht auszuhalten. Die Flinte strahlt.

Weil sich Otto und Peter gut kennen, wissen sie heute nicht, über was sie sprechen sollen. Man kann jetzt nicht über irgend etwas sprechen.

Walter Binswanger öffnet den Deckel seiner Schuhschachtel. In der Schachtel ist für jeden Mieter eine Karte. Binswanger hat ruhige, anständige und regelmäßige Mieter. Er hat heute nichts einzutragen. Er zählt heute nicht zusammen. Heute freut er sich nur über seinen Besitz, und er spricht die Namen seiner Mieter zärtlich aus: Graber, Leuenberger, Moser, Hürlimann. Frau Binswanger mag ihren Mann wieder, wenn er die Namen seiner Mieter mit den Lippen nachbildet.

Otto und Peter langweilen sich.

Immer am 24. Dezember um halb fünf bringt Fritz der anderen Frau die Alimente. Er bringt sie immer am Ende des Monats, aber im Dezember ist das etwas anderes. Es ist sonst immer ein wenig ärgerlich, im Dezember ist es ein wenig traurig. Es ist traurig, weil Fritz sich ein wenig freut. Er bringt sehr schöne Geschenke mit.

Otto und Peter sind ein wenig nervös. Sie haben heute noch anderes zu tun. Sie bestellen vielleicht doch noch einen letzten Halben.

Franz Brunner raucht seine erste Zigarette ganz bewußt, ab jetzt wird er wieder viel rauchen und ohne Genuß. Das ist eine wunderbare Zigarette am 24. Dezember. Er drückt sie aus, geht zum Schrank und holt die Ordonnanzpistole. Ordonnanz ist ein wunderschönes Wort, denkt Franz. So wie das Wort Ordonnanz klingt, so stellt sich Direktor Brunner das Leben vor.

Otto und Peter.

Nur am 24. Dezember sitzt Binswanger hemdsärmlig hinter seiner Schuhschachtel. In Sachen Mieter hält er nichts von Computern. Daß er das alles von Hand auf weiße Karten schreibt, das hält Binswanger für Menschlichkeit. Walter wäre nicht auszuhalten, sagt seine Frau, wenn er nicht seine Mieter hätte.

Von den Alimenten weiß die Frau von Fritz nichts.

Das ist recht so, denkt Fritz. Aber irgendwie trennt es Fritz von seiner Frau. Fritz ist an Weihnachten immer ein wenig allein.

Peter muß jetzt dann wirklich nach Hause, und Otto hat auch noch etwas zu tun.

Immer am 24. Dezember um zwanzig vor fünf sagt Brunner: »Gopfriedstutz.« Brunner flucht sonst viel und laut, aber heute – wie immer am 24. Dezember – sagt er es fast zärtlich. Er sagt es, weil heute – wie immer am 24. Dezember – die Feder vom Verschluß der Ordonnanzpistole wegfliegt. Brunner kriecht unters Kanapee, die Feder liegt Jahr für Jahr immer am selben Ort, eine Handbreit vor dem hinteren rechten Fuß des Kanapees.

Die Mieter mögen Herrn Binswanger nicht. Aber Herr Binswanger legt Wert darauf, daß ihn seine Mieter mögen. Das wissen die Mieter. Herr Binswanger kann sehr förmlich werden, wenn man ihm die Zuneigung verweigert. Aber die Enkel mögen Großvater Binswanger. Das ist Binswangers Weihnacht, daß er gemocht wird von seinen Enkeln.

Es gibt nichts Friedlicheres als eine Jagdflinte, denkt Direktor Brunner. Weihnachten hat für ihn mit Jagd zu tun. Er sagt: Mit dem Wald. Die Ordonnanzpistole, das ist Heimat, sagt Brunner. Er besitzt auch einen Browning. Jahr für Jahr fürchtet sich Frau Brunner davor, daß er auch noch den Browning reinigen und streicheln könnte. Das ist eine schreckliche Vorstellung für Frau Brunner. Aber so ist Brunner nicht.

Um halb sechs legt Peter vorsichtig das Rollschinkli

ins Wasser. Bei achtzig Grad zwei Stunden ziehen lassen. Das ist eine Tradition.

Nach der fünften Zigarette wird Brunner schon wieder ein wenig mürrisch.

Bescheidenheit und Entschiedenheit

Einmal sagte er: »Ich stelle fest, du verstehst zu wenig von Geschichte.« Ich hatte ihm in etwas allzu schwarzen Farben meine Eindrücke von einer Amerikareise geschildert und gesagt, daß ich mich fürchte vor einer Nation, die sich nur vorstellen kann, die erste, die führende Nation der Welt zu sein, ich hatte ihm erzählt, wie die Verarmung zunimmt in diesem Land, die Arbeitslosigkeit, das wirtschaftliche Elend.

Ich erzählte, daß ich mich vor einem Land fürchte, das nur noch eine mächtige Armee hat, um seine Vormachtstellung darzustellen. »Sie werden sich nie daran gewöhnen können, nicht mehr die erste Nation der Welt zu sein – und sie werden losschlagen.«

Da kam sein ruhiger und gelassener Satz: »Ich stelle fest, du verstehst zu wenig von Geschichte«, und er erklärte mir, daß sie sich ganz sicher daran gewöhnten, nicht mehr die ersten zu sein, und daß es schon viele Nationen auf der Welt gegeben habe, die mal die ersten waren und sich daran gewöhnen mußten, es nicht mehr zu sein.

»Die aber werden losschlagen«, sagte ich. Und er antwortete: »Wenn es stimmt, daß sie ruiniert sind, dann werden sie auch nicht losschlagen. Sie werden es ganz einfach nicht mehr können. Die Römer wollten auch losschlagen, als es zu Ende ging, und sie konnten es auch nicht.«

Ich neige hin und wieder zu Schwarzmalereien und zu pessimistischen Prognosen, und jedes Mal, wenn mir das in Gesprächen mit Jean von Salis passierte, war ich hinterher etwas beschämt und kam mir schrecklich jung vor.

Seine Antwort habe ich hier sehr verkürzt wiedergegeben. J. R. von Salis war nie der Mann der kurzen Antworten, sondern der langen, ausführlichen und differenzierten.

Aus der Geschichte könne man lernen, sagt man. Und mir scheint, wir lernen aus der Geschichte nie. Sie wiederholt sich, weil wir nicht lernen wollen. Aber vielleicht lernten wir immer das Falsche: kleine Einzelheiten, kleine Verhaltensmuster. Wir lernten immer nur das »Nie wieder«, und dann kam es doch wieder.

Mir scheint, J. R. von Salis hat immer versucht, das Ganze zu lernen – im Wissen, daß man es nie lernen wird, aber im Glauben, daß es ein Ganzes gibt, die kleine Einsicht in Zusammenhänge machte ihn bescheiden. Dabei gehörte er immer zu den entschiedenen, zu den engagierten Menschen. Bescheiden und still in der Analyse und entschieden und tapfer in der Entscheidung. Die Reihenfolge ist wichtig.

Ich war noch ein Kind, als von Salis am Radio seine wöchentliche Weltchronik vortrug, und ich erinnere mich nur noch an zwei Dinge, an den tiefen Ernst meines Vaters, wenn er ihm am Radio zuhörte, und an den Klang seiner Stimme – nur an den Klang, den Inhalt konnte ich nicht verstehen, und dieser Klang nahm aber dem Kind die Angst. Da erzählte einer in geduldiger Ruhe von Dingen, über die die anderen nur schrien. Da erzählte einer von Geschichte und nicht von Sensationen. Und alle seine Hörer wußten, wo er stand und was er meinte – wenn auch seine Manuskripte von der Schweizer Zensur zusammengestrichen wurden, von einer Zensur, die nicht seiner Meinung war. Seinen Tonfall und seine Überzeugung konnte sie nicht streichen. Vielleicht sind Unbestechliche nicht zensurierbar.

Er wurde gehört, hier und in Europa. Und er hat nicht nur ein Stück Ehre für die Schweiz gerettet, sondern auch die Ehre seiner Zensoren, die hinterher wohl schnell und gern seiner Meinung waren.

Jean Rodolphe von Salis wird am 12. Dezember dieses Jahres 90jährig. Er hat jenes Jahrhundert durchmessen, in dem wir alle leben. Er hat versucht, uns die Augen zu öffnen für ein Jahrhundert. Und er hat es uns nie übel genommen, wenn es uns nicht gelang – ein guter Lehrer, ein geduldiger Lehrer, für den Mißerfolg mit seinen unaufmerksamen Schülern seiner Arbeit nichts antun konnte. Er tat sie einfach, und sie war ihm selbstverständlich. Ich habe kürzlich wieder von einem jüngeren Menschen gehört, von Salis sei ein Landesverräter gewesen – das hat er wohl von seinen neofaschistischen Freunden.

Da war ich sehr stolz, sein Freund sein zu dürfen, und mit ihm zusammen – dem Europäer von Salis – bin ich gern Schweizer.

Zum Beispiel das mit den Käfern

Weihnachten, Neujahr: Die Zeitungen rufen wieder an, eine kleine Umfrage: »Was sind Ihre Wünsche fürs neue Jahr?« Ich mag darauf nicht antworten. Oder dann die Frage: »Was sind Ihre Utopien für die nächsten zehn Jahre?« Ich kann darauf nicht antworten. Also keine Wünsche? Ja, ich habe keine Wünsche, wenn damit persönliche Wünsche gemeint sind. Also keine Utopien? Ja, wenn damit Hoffnungen gemeint sind. Ich spiele kein Lotto, weil ich mich vor der Million fürchte. Sie würde mein Leben verändern, davor fürchte ich mich. Hoffnungen – die Hoffnung, daß ein Engel kommt und das alles wegnimmt, die finanziellen Sorgen, das mit den Drogen, das mit den Asylanten, das mit der Arbeitslosigkeit.

Ich möchte zum Beispiel, daß ein solcher Engel die Käfer in meiner Wohnung wegnimmt. Ich habe genug davon, sie umzubringen. Bei jedem Zerquetschen habe ich ein schlechtes Gewissen. Sie stören auch nicht sehr – ich fürchte mich nur vor ihrer Vermehrung. Und es sind Lebewesen, es sind Kreaturen. Sie gehören zur Vielfalt an Lebendem in dieser Welt. Ich habe nichts, gar nichts gegen sie. Und ich meine, ich hätte sie umzubringen. Schädlinge? Ich könnte keinen Schaden nachweisen, den sie mir angerichtet haben. Sie sind auch scheu und fliehen Licht und Menschen. Ich könnte hier ruhig schlafen mit ihnen. Aber sie stören.

Man hat keine Käfer in der Wohnung. Wer Käfer in der Wohnung hat, ist ein unordentlicher Mensch. Ich möchte ein ordentlicher Mensch sein. Ich möchte mich nicht vor Besuchern für diese Käfer entschuldigen müssen, behaupten müssen, sie seien neu und ich hätte vorher noch keine gesehen. Also bringe ich sie um, und ich nehme ihnen das persönlich übel, daß ich sie umbringen muß. Ich hasse sie, weil sie mich schuldig machen. Wären sie nicht hier, sondern irgendwo im Käferland, dann könnte ich ruhig ein unschuldiger Mensch sein. Ich bin kein Rassist, aber sie – die andere Rasse, die Rasse Käfer – beweist mir tagtäglich, daß ich ein Rassist bin. Das nehme ich dieser Rasse übel, daß sie mir beweist, daß ich einer bin.

Wenn sie doch endlich weg wäre, die Arbeitslosigkeit! Wenn sie doch endlich weg wären, die Flüchtlinge, die Drogen! Ob die Kriege in aller Welt noch ein bißchen bleiben dürften?

Wie feiern wir eigentlich Weihnachten unter diesen Bedingungen? Wohl genauso wie letztes Jahr, wie vorletztes Jahr. Ist »feiern« überhaupt das richtige Wort, wäre »machen« nicht zutreffender?

Wie macht zum Beispiel jener Weihnachten, den ich kürzlich im Bahnhof Zürich erlebt habe. Ich stehe auf der Rolltreppe. Plötzlich beginnt hinter mir jemand zu schreien: »Du dreckiges Schwein, du Affe, Sauhund usw.«, ich drehe mich um, hinter mir steht eine junge Frau, bleich und erschrocken. Hinter ihr ein gutgekleideter, absolut seriös aussehender Geschäftsmann, Aktenkoffer, Anzug, Mantel. Er eilt oben an der Treppe an mir vorbei. Ich bleibe entsetzt stehen, und nun kommt ein Mann auf mich zu – offensichtlich Ausländer, so wie ein Asylant eben aussieht – und sagt zu mir in recht gutem Deutsch: »Der spinnt wohl, dem geht es nicht gut«, und er versucht mich zu trösten. »Das darf man nicht ernst nehmen«, sagt er. »Wissen Sie, ich arbeite hier, schon lange und jeden Tag. Ich bin kein Flüchtling. Ich habe eine Arbeitsbewilligung, eine Aufenthaltsbewilligung, schon lange.«

Wäre der Schreihals, der Beschimpfer ein Skinhead gewesen, eben so einer, wie man sich Neofaschisten vorstellt, ich wäre zwar auch erschrocken, aber so einer hätte wenigstens in meine Vorstellung gepaßt. Was mich hinterher doppelt erschreckte, war mein falsches Geschichtsbild. Die wirklichen Nazis waren nämlich nicht Skinheads und wilde Horden, sondern auch recht ordentliche Geschäftsherren, Buchhalter, Handwerker.

Ich versuche mir vorzustellen, wie jener Geschäftsherr von der Rolltreppe Weihnachten macht. Wohl so wie wir alle: Die Enkel auf den Knien und von ihnen geliebt. Ein Weihnachtsfest in Unschuld. Schuldig sind jene anderen, die uns zu Tätern machen.

Im Winter muß mit Bananenbäumen etwas geschehen

Großväter haben, oder hatten, eine Neigung zur Geographie. Sie hatten alte Atlanten und zeigten ihren Enkeln Grönland, Afrika und Australien. Sie kannten den Pazifik und den Atlantik und den Indischen Ozean, und sie kannten den Unterschied zwischen afrikanischen und indischen Elefanten.

(Ich hatte erst kürzlich am Biertisch wieder einen Streit darüber, welche die größeren seien und welche die längeren Ohren hätten. Ich habe tapfer die Meinung meines Großvaters vertreten und kam damit in die Minderheit, aber ich bin überzeugt, daß mein Großvater recht hatte: Die indischen, das sind die großen mit den kleinen Ohren.)

Von einem andern Großvater habe ich gehört, der schnitzte in einer Fabrik in Kleinlützel ein Leben lang Edelweiße und Alpenrosen auf Tabakpfeifen und Spazierstöcke, mehrere in einer Minute für einen lächerlichen Lohn, und darunter schnitzte er die Namen von Dörfern, schöne Namen. Zermatt, St. Moritz, Andermatt, Adelboden, Mürren. Und er schnitzte diese Namen liebevoll – sehr schnell, aber liebevoll –, und er dachte sich dabei etwas. Es ist ihm nicht aufgefallen, daß er noch nie da war, und er starb, ohne auch nur einen dieser Orte gesehen zu haben. Es ist unwahrscheinlich, daß er den Wunsch hatte, diese Orte zu sehen – es ist wahrscheinlich, daß er den Wunsch hatte, aber es ist unwahrscheinlich, daß er ihm bekannt war. Sicher hatte auch er eine Landkarte, und er hat sich die Orte auf der Landkarte gesucht, und als auf dem Kalender das Matterhorn kam, da brachte er es nicht übers Herz, das Blatt nach einem Monat abzureißen, und seither hing an der Wand der September 1924, und er wurde nach und nach blass und brüchig und gelb, vielleicht – sehr wahrscheinlich nicht, man stellt sich die Einfachen immer zu sentimental vor. Aber eine Landkarte hatte er.

Mein Großvater hatte in seinem Garten in Zofingen einen Bananenbaum. Ich weiß nicht, ob man Bananenpalme sagt, er sagte jedenfalls Bananenbaum. Ab und zu trug er ganz kleine, embryonale Bananen. Essen konnte man sie nicht. Ich versuche mir inzwischen vorzustellen, was mit diesem Baum im Winter geschah. Eigenartig, jede Möglichkeit wird sofort zum Bild und zur realen Vorstellung: Der Bananenbaum im Winter im Garten, in Zeitungen eingehüllt und in einem Torfmullberg – oder das Loch im Garten im Winter, wo der Baum ausgegraben wurde und der »Baum« im Keller mit Stroh eingewickelt oder so – ich weiß es nicht. Ich werde zwar weiterhin am Biertisch von Elefantenunterschieden sprechen – wenn es sein muß oder wenn das Gespräch die Gelegenheit ergibt –, aber ich werde mich nicht auf die Äste hinauslassen und behaupten, mein Großvater in Zofingen habe einen Bananenbaum im Garten gehabt – ich kann es mir nicht leisten, weil ich nicht weiß, was mit ihm denn eigentlich im Winter geschah, und eines ist klar: im Winter muß mit Bananenbäumen etwas geschehen.

Ich hatte das mit Großvaters Bananenbaum völlig vergessen. Kürzlich war ich zum ersten Mal in den Tropen. Und was mich überraschte, war, daß mich alles erinnerte. Ich kannte das bereits alles aus meinen Vorstellungen.

Die Bananenbäume sind wirklich so wie der Bananenbaum meines Großvaters, daßelbe Grün. Und ich hatte eigentlich meinen Großvater vergessen – hier in den Tropen erinnerte ich mich wieder an ihn. Ich wäre gern zurückgekommen und hätte meinem Großvater gern mitgeteilt, daß sie wirklich so sind, die richtigen Bananenbäume, daß sie genauso sind wie seiner. In diesem Sinne habe ich ihn wieder einmal mehr vermißt.

Es ist etwas schwierig, wenn man weit weg ist. Man hat dann Zeitunterschiede und ein anderes Klima, und der Mond hängt etwas anders am Himmel, und man versucht sich mit Wörtern wie Äquator oder Roßbreiten zu beeindrucken. Es ist unvorstellbar, daß mein Großvater diese Gegend je erreicht hätte, aber er legte Wert darauf, mir von diesen Gegenden zu erzählen.

Er hatte ein Buch mit dem Titel »Vögel der Welt« und ein Buch mit dem Titel »Säugetiere der Welt« mit Farbtafeln, auf denen das transparente Metzgerpapier fest klebte und so einen schönen Ton von sich gab, wenn man es abzog. Ameisenbären und Beuteltiere, Okapis und Nashörner waren ihm und mir nicht fremd, und er formte aus Ton Elefanten und Giraffen und bemalte sie mit Goldbronze.

Etwas anderes ist mir noch eingefallen in den Tropen, nämlich daß ich einmal Missionar werden wollte. Ich erinnerte mich an die Sonntagsschule und an die Lichtbildervorträge von Missionaren im Keller unserer Kirche und an einen freundlichen Mann, der uns »Weißt du wieviel Sternlein stehen« in irgendeiner Eingeborenensprache vorsang.

Ich habe daran gedacht, als ich mit denen, die man als Eingeborene bezeichnet, sprach, und ich konnte mir nicht vorstellen, was geschehen wäre, wenn man mich hierhergeschickt hätte.

Hierhergeschickt übrigens mit dem Geld meines Großvaters. Er war ein sehr frommer Mann, und er muß sehr viel Geld für die Mission gespendet haben, und seine Frau hat für den Missionsbasar gestrickt und gehäkelt, ein Leben lang. Meine Großmutter war keine lebensfrohe Frau. Sie war sehr prüd. Irgendwie muß sie aber dauernd Lendenschürze vor ihren Augen gesehen haben. Ich kann mir das kaum vorstellen. Der Bananenbaum vor Großvaters Haus muß auch – irgendwie – mit Mission zu tun gehabt haben.

Ich habe mich vorsichtig erkundigt nach christlicher Mission bei Hindus und Buddhisten, und ich habe vorsichtige Antworten bekommen, höfliche Antworten, keine Ablehnung. Einer wußte, daß sie von ihnen die Schrift haben. So alles nur schlecht haben sie nicht gemacht.

Ich hätte ihm lange erzählen müssen, nach meiner Rückkehr. Er hätte – da bin ich sicher – seinen Atlas geholt und die Tierbücher, und ich bin fast sicher, daß er mich nicht gefragt hätte nach der Mission.

Mein Großvater war ein interessierter Mann, und er war bescheiden und fromm. Ich kann mir ihn nicht vorstellen als Tourist, unvorstellbar, daß er gereist wäre – kein Matterhorn, kein Niagarafall, keine Akropolis.

Erdnüßchen und Orangen hatte er nicht nur gern. Er hat sie verehrt. All das mit Afrika und Südsee und so gehörte irgendwie mehr zu seiner Welt als zu meiner. Irgendwie hat er sich von Mission mehr versprochen als von Christentum, und von Geographie und Zoologie mehr als von Politik.

Die Tropen haben mich an meine Kindheit erinnert, nicht etwa an Bubenträume, vielmehr an die Träume meines Großvaters. Sie sind so etwas wie eine alte Welt, wie eine Welt, die man vor vierzig Jahren beschrieben bekam.

Wenn Touristen davon sprechen, daß dies mit Bali bald vorbei sein werde, dann trauern sie eigentlich nichts anderem als der Welt ihrer Großväter nach. Die Entwicklungsländer haben darunter zu leiden, daß mein Großvater in seinem Garten einen Bananenbaum hatte und daß er Erdnüßchen verehrte, und vielleicht, ich weiß nicht –

Nichts gegen meinen Großvater, ich mag ihn.

Mann mit Hut – ein Nachwort

Daß einer nicht sehr groß gewesen sei, ein gerötetes Gesicht gehabt habe, einen Hut und einen grauen Regenmantel – grauer Hut – getragen habe, aufgeregt hin und her gegangen sei, das ist nun allerdings noch keine Beschreibung eines Menschen, und erzählenswert ist es auch nicht. Trotzdem erinnert mich diese Beschreibung an jenen Mann, der im Port Authority – im Busbahnhof von New York – aufgeregt auf und ab ging, einen grauen Hut und einen grauen Regenmantel trug, bis zum obersten Knopf geschlossen, klein war, ein gerötetes Gesicht hatte, ein kleines rundes Gesicht und, unpassend zu seinem aufgeregten Aufund-abgehen, recht angenehme Augen, intelligent bis pfiffig und fast ein wenig liebevoll.

Wie ich dem anderen erkläre, daß der, den er eben beschrieben habe, mich an einen anderen, den ich im Port Authority vor Jahren gesehen habe, erinnere, wird der andere ungehalten, denn er weiß mit meiner Geschichte, die keine ist, nichts anzufangen.

Aber wir sitzen nun einmal da und haben, weil wir uns fremd sind, miteinander zu sprechen, also irgend etwas zu sagen. Und wenn ich nun sage, daß wir die gleiche oder ähnliche Sprache sprechen, dann ist auch das nicht erwähnenswert, denn es ist die übliche Sprache dieser Gegend. Und bereits erklärt er, daß wir verschiedene Sprachen sprechen. Damit meint er, daß sein Mann mit Hut nicht mein Mann mit Hut sei, und ich erinnere mich, wie sehr es mich immer ärgert, wenn Leute während des Essens vom Essen sprechen, also während des Essens von Nudeln von anderen Nudeln, die sie gegessen haben wollen. So sehe ich ein, daß ich nicht – nachdem der andere von einem Mann mit Hut erzählt – von meinem Mann mit Hut sprechen kann, denn letztlich machen Hüte Männer noch lange nicht gleich.

Wir könnten uns nun gütlich einigen und uns gegenseitig vorschlagen, auf den jeweiligen Hut zu verzichten – er auf seinen, ich auf meinen –, nämlich er auf den Hut des Mannes, den er kürzlich gesehen hat, ich auf den Hut des Mannes, den ich vor langer Zeit gesehen habe. Nur trug meiner einen Hut, einen grauen Hut, und der oberste Knopf seines Regenmantels war zu.

»Sie erzählen mir«, sagte ich, »eine Geschichte, die keine ist, und ich würde mich für Ihre Geschichte nicht interessieren, wenn sie mich nicht an jenen Mann erinnern würde, der vor Jahren im Port Authority auf und ab gegangen ist.«

»Wäre meiner stehengeblieben«, sagte er, »hätte seinen Hut in die Hand genommen und hätte gar nichts getan. Wäre also nicht aufgeregt hin und her gelaufen, dann hätten Sie mit Ihrer amerikanischen Geschichte nicht die geringste Chance, denn Sie könnten ja nicht sagen, daß Sie mein Mann, der nichts, gar nichts getan hat, an einen anderen Mann in Amerika erinnert, der auch nichts getan hat.«

»Hat Ihr Mann nichts getan?« fragte ich, und er beugte sich über den Tisch, legte mir die Hand auf die Schulter und sagte: »Warum fürchten Sie sich davor, daß meiner nichts getan hat. Sie haben ja noch den Ihren, der etwas getan hat in Amerika.«

»Was hat er getan?«

»Er ist aufgeregt auf und ab gegangen«, sagte er, und schon erzählte er meine Geschichte. »Ihr Mann in New York«, sagte er, »ging also aufgeregt auf und ab und quatschte alle Leute an und sagte: Sprechen Sie Deutsch?«

»Und Ihr Mann? Was sagte Ihr Mann?« fragte ich, und er sagte: »Meiner bewegte sich nicht. Das war Ihr Mann, der sich bewegte. Meiner stand in der Sonne, hielt seinen Hut in der Hand und ...«

»Und was sagte er? Hören Sie, ich werde Ihrer Geschichte über meinen Mann in Amerika nicht weiter zuhören, wenn Sie nicht bereit sind, mir zu sagen, was Ihr Mann hier in Europa – stehend oder gehend – gesagt hat.«

Jetzt war er plötzlich doch daran interessiert, mir die Geschichte meines Mannes erzählen zu dürfen, und er war nun doch bereit, für seinen Mann, an dem er offensichtlich bereits sein ganzes Interesse verloren hatte, einen Satz – einen dürftigen zwar – zu erfinden. »Meiner stand da«, sagte er, »stand in der Sonne, den Hut in der Hand – in der Wintersonne übrigens mit Regenmantel, zugeknöpft –, und er sagte, er sagte vielleicht: Ich mag kein Deutsch mehr hören.«

»Wenn Sie eine Geschichte erzählen wollen«, sagte

ich ihm, »dann lassen Sie das mit dem ›vielleicht‹ – entweder er hat es gesagt oder er hat es nicht gesagt.«

»Spricht denn hier keiner, keiner nicht Deutsch, hat er gesagt, mein Mann mit Hut, mit Hut in der Hand«, sagte er, lehnte sich in seinem Stuhl zurück, sagte lange nichts mehr und genoß es, daß sein Mann endlich etwas gesagt hatte. Und nun war wieder meiner nichts mehr. Ich meine, nun war wieder meiner kein Mann mit einer Geschichte.

»Ihr Mann«, sagte er nun, »erinnert mich so sehr an meinen, wie mein Mann Sie an Ihren erinnert hat.« Er streckte seine Hand über den Tisch, und ich versuchte, nun auch etwas Freundliches zu sagen: »Der Satz Ihres Mannes scheint mir aber nun doch wesentlich interessanter zu sein. Meiner sagt nur: Sprechen Sie Deutsch? Ihrer sagt: Spricht denn hier keiner nicht Deutsch.« Und er legte seine Hand auf meine und sagte: »Was soll's, entweder ist die Geschichte wahr, dann ist es nicht Ihre – und wenn sie nur erfunden wäre, die Geschichte von Ihrem Mann in Amerika, der aufgeregt auf und ab geht –, wenn sie nur erfunden wäre, dann wäre das doch ein wenig zu wenig, um nur erfunden zu werden. Also ist Ihre Geschichte wahr. Ihr Mann bewegt sich hin und her. Das genügt.«

»Ich habe aber nur einen Mann gesehen, der sich ein wenig aufregte und ein wenig auf und ab ging, und ich staune, daß ich mich überhaupt noch an ihn erinnere – das ist Jahre her, sage ich Ihnen«, sagte ich.

Und er sagte: »Wäre es keine Geschichte – nur eben ein Mann –, Sie würden sich nicht erinnern. Man erinnert sich nur an Geschichten, und er wäre Ihnen nicht aufgefallen, hätte er keine gehabt. Ihr Mann und mein Mann sind dieselben. Der eine geht ein bißchen hin und her, der andere geht ein bißchen auf und ab. Und beide fallen uns auf – nur weil sie eine Geschichte haben, die wir nicht kennen. Ihr Mann also quatscht alle Leute an und fragt sie – mitten in New York: Sprechen Sie Deutsch? Was haben Sie denn gesagt, als er Sie anquatschte?«

»Als er auf mich zukam, kannte ich seine Frage bereits, weil ich ihn ja eben dauernd aufgeregt herumgehen sah und hörte, wie er alle fragte, ob sie Deutsch sprechen. Ich war also mit der Frage schon über eine Stunde konfrontiert, und ich hatte auch damit zu rechnen, daß er mich früher oder später ansprechen würde. Also beschäftigte ich mich schon eine gute Stunde lang mit der Antwort. Das Ja, das mir anfangs und spontan leicht gefallen wäre, war – nachdem ich ihn dauernd fragen gehört habe – nicht mehr die richtige Antwort, denn die Frage ist doch in der Regel die Frage an einen, der Deutsch als Fremdsprache spricht. Ich aber – muß ich Ihnen sagen – spreche ausschließlich Deutsch, und die Antwort, die ich mir zurechtgelegt hatte nach langem Überlegen und Zögern, war nun: ›Ja, schon‹, was aber insofern keine brauchbare Antwort war, da sie ja doch wieder darauf hätte schließen lassen, daß ich Deutsch als Fremdsprache spreche, wo ich doch keine andere Sprache spreche als Deutsch.«

»Und was haben Sie denn gesagt, als er auf Sie zukam?« fragte er. Ich mußte ihn nun doch endlich darauf aufmerksam machen, daß nicht ich, sondern er von einem Mann gesprochen hatte, der aufgeregt auf und ab gegangen war – mit Hut –, und daß ich mit meiner Bemerkung, daß ich eben einen solchen Mann auch vor Jahren im Port Authority in New York hätte auf und ab gehen sehen, nur hätte sagen wollen, daß es eben solche Männer und eben solche Geschichten gäbe und daß er nun endlich mit seiner Geschichte fortfahren möge und nicht den Versuch machen solle, aus eben meiner Zwischenbemerkung, die keineswegs eine Geschichte sei, eben eine Geschichte zu machen. Er sei der Erzähler, ich wolle der Zuhörer sein – ein guter Zuhörer auch, der mit seiner Bemerkung, daß er auch einmal einen solchen gesehen habe im Port Authority in New York, nichts anderes habe sagen wollen, als daß seine Geschichte glaubhaft sei. »Nur möchte ich noch wissen«, sagte ich, »wann Ihr Mann morgens aufsteht, ob er einen Beruf hat, sich die Zähne putzt, ob er trinkt, wann, wieviel, verheiratet ist, ob ihm irgend etwas passiert?«

»Er steht um sieben auf, er kommt aus dem Haus, Ende November, sieht, was er noch nie gesehen hat, wie auf dem Dachfirst des Nachbarhauses die Tauben sitzen. Das jedenfalls ist in seinem Leben passiert, daß er die Tauben auf dem Dachfirst des Nachbarhauses hat sitzen sehen und daß ihm dabei hätte eingefallen sein können, daß die Tauben Zugvögel sind, die sich Jahr für Jahr im November versammeln – auf Dachfirsten zum Beispiel – und beschließen, nicht zu fliegen, daß sie aber noch nie endgültig beschlossen haben, nicht mehr zu fliegen, wobei er, mein Mann, sehr lange jenen Großvater suchen könnte, der ihm erzählt hätte, wie das war, als die Tauben noch flogen. Trotzdem, die Tauben haben nicht etwa die Absicht, nie mehr zu fliegen. Sie fliegen immer nur gerade in diesem Jahr nicht. Matrosen übrigens halten Tauben für Zugvögel.«

»Sind Sie mit ihm verwandt?« frage ich – und ich weiß, während ich frage, daß er es nicht ist. Aber wäre er es, ich könnte jetzt aufstehen und sagen, daß es Zeit sei, und ich könnte nach Hause gehen. Er würde sich dafür bedanken, herzlich bedanken, daß ich hier als Fremder mit ihm gewartet hätte, und er würde verstehen, daß ich jetzt – es ist morgens um drei – gehen möchte oder zu gehen habe und nicht hier warten kann, bis er stirbt. Vielleicht stirbt er erst nächste Nacht oder übernächste Nacht.

»Mir wäre es auch lieb«, sagte er, »wenn Sie mit ihm verwandt wären, aber ich weiß, daß Sie es nicht sind, wir sind es beide nicht. Ich habe ihn vor drei Wochen gesehen, mit jenem Mantel und jenem Hut, in der Kneipe, im ›Steinbock‹, und er hat mir gesagt, daß er operiert werde und daß er sterben werde, und ich habe ihm gesagt, daß er gut aussehe – was er nicht tat – und daß ich ihn besuchen werde, und nun sitze ich da, und er stirbt. Und wir sind nicht verwandt. Jemand wird für die Beseitigung der Leiche verantwortlich sein.«

Der Krankenwärter spricht leise mit uns, er hält uns für Verwandte, wir sitzen mit drin.

»Als mein Vater starb«, sagte ich, »war das gar nicht so schlimm. Ich hatte mich als Kind schon davor gefürchtet, dereinst meine Eltern beerdigen zu müssen, es wäre mir schon als Kind recht gewesen, vor ihnen zu sterben, eigentlich nur, weil mir die Techniken des Beerdigens unbekannt waren. Und als er dann starb, sagte ich mir, daß bis jetzt eigentlich alle begraben worden sind, daß das irgendwie geregelt und geordnet ist, und so war es denn auch. Ich kondoliere, sagt der Beamte auf dem Amt, sagt die Frau von der Zeitung, wenn man die Todesanzeige aufgibt. Ich habe Ihren Vater gut gekannt, sagt sie. Ein freundlicher Herr, sagt sie.«

Es gibt beleidigend wenig zu tun, einen Menschen zu begraben.

»Meine Mutter mochte ich sehr«, sagte er, »ich saß hier, in diesem Zimmer, als sie starb. Ich saß hier und rauchte Zigaretten, und mein Vater rannte hin und her, und dann kam er und sagte: Jetzt stirbt sie. Und dann bin ich mit ihm zurückgerannt, und dann tat sie einen großen Schnauf, und dann sagte mein Vater: Jetzt ist sie tot. Und dann diskutierten wir darüber, ob sie nun tot sei oder nicht, und dann haben wir die Nachtschwester gerufen, und später kam ein junger Arzt, der hat ihr mit einer Taschenlampe in die Augen geleuchtet, und dann hat er gesagt: Ich kondoliere. Ich war damals froh, daß ich meine Mutter liebte. Ich habe nie geheiratet. Ich habe schon Frauen gekannt, aber ich habe nie geheiratet. Ich habe immer darüber nachgedacht, ob ich traurig sein könnte, wenn sie sterben.«

»Er hat mich«, sagte ich, »an jenen Mann erinnert, der vor vielen Jahren im Port Authority aufgeregt auf und ab gegangen ist. Das ist alles. Ich weiß nicht, warum ich ihn hier besuche. Aber jener im Port Authority hat sich in mein Gedächtnis eingenistet, ein Mann in Mantel und Hut, der auf und ab geht. Ich werde ihn nie mehr irgendwo finden. Ich werde nie auf ihn zugehen können und sagen, sind Sie nicht der Mann, der vor Jahren im Port Authority auf und ab gegangen ist? Trotzdem, der Mann ist in meinem Kopf. Ich habe – ohne ihn zu kennen – etwas zu tun mit ihm. Er ist eine Geschichte, ohne daß ich seine Geschichte kenne.«

Jedesmal, wenn der Krankenwärter an der Glastür vorbeiging, lächelte er uns zu, und das Lächeln bezog sich auf unsere Zigaretten, eine dauernd wiederholte Bestätigung der Ausnahmebewilligung für Angehörige Sterbender. Und eigentlich nur um das Rauchen zu unterbrechen, waren wir in den letzten Stunden immer wieder den Gang entlanggegangen, hatten uns vor das Bett gestellt, in dem jener Sterbende bewußtlos lag, und hätte er keinen Namen gehabt, den wir zufällig und unabhängig voneinander kannten, Albert Moser, und den wir uns beide ohne Grund gemerkt hatten, wir hätten keinen Anlaß gehabt, anzunehmen, daß wir diesen Menschen schon einmal irgendwo gesehen haben könnten. Wäre ich allein hier gewesen, ich wäre schon längst gegangen.

Mehr und mehr gelang es uns auch, nicht zu reden – fünf Minuten, zehn Minuten, eine halbe Stunde. Albert

Moser wußte nichts davon, daß hier zwei auf seinen Tod warteten, zwei, die er nicht gekannt hatte. Und erst jetzt, nach Stunden, kam der Satz: »Ich mag den Geruch von Spitälern nicht«, ein unvermeidlicher Satz, der immer erst dann fällt, wenn es nach gar nichts mehr riecht, wenn die Geruchlosigkeit an Gerüche erinnert, die Hutlosigkeit an Hüte, die Sprachlosigkeit an Sprache.

»Wir waren neun Kinder«, sagte er nun, »ich der zweitälteste, drei Brüder, fünf Schwestern, der Vater war Hilfsarbeiter.«

Ich wußte schon, was ich jetzt zu sagen gehabt hätte. Ich hätte erstaunt sein müssen. Ich hätte wissen müssen, daß er es schwer gehabt hatte. Aber ich sagte nichts und wartete auf den Satz: »Ich könnte Ihnen Geschichten erzählen.« Leute, die aus der Armut kommen, leben ein Leben lang in der Vorstellung, sie könnten Geschichten erzählen. »Mein Leben würde Bücher füllen«, sagte er. »Sie waren also in Amerika«, sagte er.

Vielleicht werden wir auch zu seiner Beerdigung gehen, dachte ich. Wir werden hinterher in den »Steinbock« gehen, einen halben Roten trinken und sagen: »Vierundsiebzig war er also, aus dem Bernbiet kam er also.« Und er wird dann sagen: »Wir waren neun Kinder.«

»Alle haben eine Lehre gemacht. Es ist etwas geworden aus uns. Ich habe einen kleinen Betrieb mit vierzehn Angestellten. Umwelttechnik, es hat keinen Sinn, daß ich ihnen das erkläre, es ist zu kompliziert.

Aber ich habe es geschafft.« »Was sind Sie von Beruf«, fragte er.

»Schriftsteller«, sagte ich.

»Aha« sagte er. »Ich hatte Streit mit meinem Partner. Er macht das Kaufmännische, hat keine Ahnung von Technik. Er trinkt auch nichts, kein fröhlicher Mensch. Um fünf war ich im Büro, um neun bin ich abgehauen, muß ja auch mal sein. Schriftsteller, sagen Sie, ich könnte Ihnen erzählen. Das ist eine lange Geschichte, neun Geschwister, Kinderheim, Lehre. Vierzehn Angestellte wollen auch bezahlt sein. Ich bin zum zweiten Mal verheiratet. Meine erste Frau war meinen Kindern eine gute Mutter. Das müßten Sie mal aufschreiben, das würde ein Bestseller, und dann auch das, wie diese Liebe wurde mit meiner damaligen Sekretärin. Als junger Techniker war ich im Irak, Kraftwerkbau, das müßte man mal aufschreiben. Ich kann dir sagen, dort ist alles ganz anders, die nehmen zum Beispiel beim Autofahren keine Rücksicht auf Fußgänger, dort fahren sie einfach Auto. Ich bin nicht einer, sag ich dir, der die Zeit hat, hier zu sitzen. Ich hatte Ärger mit meinem Partner, ich ging von einer Kneipe zur anderen, ich war im ›Steinbock‹, und da erzählten sie von Albert, der im Spital sei, und da kaufte ich mir zwei Flaschen Wein und wollte ihn besuchen. So bin ich, ich bin zwar Unternehmer, aber so bin ich.«

»Ich auch«, sagte ich, »ich habe auch zwei Flaschen Wein gekauft und wollte ihn besuchen, und dann sagtest du, daß wir ja eine Zigarette rauchen könnten, vorn im Wartezimmer, und dann hat der Pfleger Tee gebracht und leise mit uns gesprochen. Dann müßte ja noch eine Flasche in seinem Zimmer sein, die braucht er jetzt nicht mehr.«

Der Pfleger öffnete die Glastür und sagte: »Ich kondoliere.« »Dann können wir ja gehen«, sagten wir. Als er uns aufforderte, doch noch zu warten, bis der Arzt hier sei und bis das Zimmer zurechtgemacht sei, sagte Josef, so hieß er, Josef: »Wir kennen ihn nicht, wir wissen nur, daß er Albert Moser heißt, und auch das wissen wir nur zufällig.«

Als ich nach Hause kam, wurde es bereits hell, ich setzte mich an meinen Tisch, nahm einen Zettel und schrieb darauf: »Mann mit Hut stirbt – 24. Dezember.«

Am anderen Morgen zerknüllte ich den Zettel und warf ihn weg.

Am Anfang war das Wort

Es wird einmal ein alter Mann sein, der im Jahre 2078, so stelle ich mir vor, den Zug besteigt, um endlich jene Reise zu machen, die schon seit 76 Jahren hätte sein sollen.

Er wird im Altersheim nicht zum Frühstück erscheinen, nicht zum Mittagessen, nicht zum Abendessen. Es wird im Heim eine Aufregung sein. Man wird seine Tischnachbarn fragen, ob sie etwas wüßten. Niemand weiß etwas.

»Doch«, sagt einer, »er sagte immer so Wörter – er sagte tagelang ›Samarkand‹ und ›Salamanca‹ und ›Salerno‹, er sagte ›Santa Cruz‹ und er sagte ›Alexandria‹ – aber er sagte nur die Wörter, sonst nichts, nur die Wörter – oft den ganzen Tag ›Salamanca‹, so wie wenn es eine alte Geliebte wäre.«

Ich sitze kurz vor Weihnachten – 76 Jahre vorher – in der Eisenbahn, kurz vor Zürich kommt die Durchsage: »Nächster Halt Zürich – der Zug fährt weiter nach Zürich-Flughafen, Winterthur, Gossau, Sankt Gallen.« Mir fällt auf, daß die Sprecherin das »O« in »Gossau« übermäßig dehnt, auf der Zunge schmelzen läßt, und nun gleich die Stimme eines Kindes ein paar Sitze vor mir. Es wiederholt: »Goossau, Gooossau«, und dann »hast du gehört Mama, Goossau hat sie gesagt, Goossau.« Die Mutter reagiert eher unwirsch, sie hat wohl schon Ähnliches erlebt mit anderen schönen Wörtern, aber der Kleine insistiert: »Doch, Gossau hat sie gesagt«, und nach einer Pause, in der nicht nur ihm, sondern auch mir, und sicher seiner Mutter das Wort im Kopf herumhämmerte, »Mami, wir gehen nach Gossau.« »Nein, wir gehen nach Winterthur«, sagt sie, »das weißt du ganz genau, wir gehen immer nach Winterthur.« »Sie hat aber Gossau gesagt, wir gehen nach Gossau«, sagt der Kleine. Nein, er sagt nicht: »Ich will nach Gossau.« Er bittet und bettelt nicht, er wünscht nicht, er tobt nicht, er stellt nur gelassen fest, daß wir nach Gossau gehen. Bereits überlege ich mir, ob ich meinen Termin in Zürich fahrenlassen soll und nach Gossau gehen soll. Der Kleine hat das Wort zum Klingen gebracht. Gossau ist jetzt nicht mehr einfach die Bezeichnung eines Orts, der ihm und mir fremd ist, das Wort hat jetzt Klang – Klang wie der häßliche Name einer schönen Frau, die man liebt.

»Gossau ist viel zu weit weg, das ist fast in Sankt Gallen.« sagt jetzt die Mutter. »Das macht nichts, ich habe dem Vater gesagt, wir werden lange reisen.«

Zürich – ich steige aus.

Ich nehme an, daß die beiden in Winterthur ausgestiegen sind. Und ich nehme an, daß dies der Kleine ohne Murren akzeptiert hat, daß er still neben seiner Mutter hergetrottet ist und still in sich hinein »Gossau« gesagt hat – mehrmals und immer wieder.

Als Kind beschloß ich, einmal nach Eisenach zu gehen. Das Wort setzte sich in meinem Kopf fest – Eisenach. In einem der wenigen Bücher, die wir zu Hause hatten, im »Großen Lutherbuch«, war ein alter Stich von Eisenach, nächtlich dunkel mit einem erleuchteten Fenster wie auf einem Adventskalender. Aber viel mehr als dieses Bild hatte es mir der Klang des Wortes angetan und der Wunsch, nach dort zu gehen, setzte sich für immer fest, um so mehr als es dann nach dem Krieg zu umständlich geworden war, zu gehen; Eisenach lag in der DDR. Das nahm mir die Last ab, den Wunsch zu verwirklichen. Aber inzwischen bin ich schon oft mit der Bahn an Eisenach vorbeigekommen. Ich habe das Bahnhofsschild nie verpaßt, da steht es groß und schwarz auf weiß »Eisenach«. Ich freue mich jedesmal, wenn ich es sehe, wie wenn ich eigentlich nicht den Wunsch nach einer Stadt gehabt hätte, sondern nur nach einem Wort, einem Namen, der hier in Eisenach auf dem Bahnhof seine aktuelle Realität bekommt. Hier auf dem Bahnhof, wo die Stadt, die ich nie gesehen habe, beginnt – am Anfang war das Wort.

Aber zurück zu unserer Geschichte, zurück ins Jahr 2078: Der alte Mann also, der als Kind einmal kurz vor Weihnachten seine Mutter davon überzeugen wollte, daß sie zusammen viel weiter fahren werden als nur bis Winterthur, geht zum Bahnhof, kauft sich eine Fahrkarte und fährt, weil das in diesem Leben jetzt endlich noch sein muß, nach Gossau. Und wäre das eine Geschichte, dann würde er sich dort in die Bahnhofskneipe setzen, würde einen Zweier Roten bestellen und auch gleich bezahlen und würde vor diesem Roten einschlafen – für immer.

Aber das ist keine Geschichte, sondern die Wirklichkeit, und in Wirklichkeit wird er in Gossau aussteigen, und wird auf dem Bahnhofsschild den wunderschönen Namen »Gossau« weiß auf blau lesen, wird den Namen auch tonlos mit den Lippen nachbilden wie ein lesendes Kind, wird sich dann auf eine Bank setzen und auf den nächsten Zug warten und mit ihm zurückfahren ins Altersheim.

Persönliches Nachwort

Schreiben mag er nicht, es ist ihm lästig. Aber genausowenig, wie er unpolitisch sein könnte, könnte er das Schreiben aufgeben. Er erzählt von Menschen, die er trifft, davon, was ihm durch den Kopf geht, wenn er Eisenbahn fährt, durch seine Stadt läuft oder in der Kneipe sitzt.

Jahrelang, immer wieder donnerstags, schickt er eine neue Geschichte. Früher las er sie am Telefon vor, später schickte er ein Fax, heute kommt sie per Mail – seine Kolumne, die in der »Schweizer Illustrierten« erscheint. Geschichten über den ganzen Menschenalltagskosmos.

Er ist ein Erzähler, wenn er spricht, dann erzählt er lange und bedächtig. Ihm zuzuhören ist mir manchmal mühsam. Ich bin die Langsamkeit nicht gewohnt, sie macht mich ungeduldig.

Die mündliche Erzählung reicht ihm nicht, aufschreiben muß er sie. Und das in kürzester Form. Darin ist er, wie immer wieder gesagt wird, ein Meister. Er selbst ist sich noch immer der Lehrling.

Lese ich seine Geschichten, die er beharrlich »Kolumnen« nennen möchte, dann ist es die Kürze, die meiner Ungeduld entspricht. Je mehr ich ihn allerdings lese, um so mehr lerne ich, ja, ich verstehe, daß es eine Kürze gibt, die eine berechtigte, notwendige Langsamkeit lehrt.

Je kürzer eine Geschichte ist, um so länger lese ich. Es steht so viel in seinen Erzählungen. Über Befindlichkeiten, Alltäglichkeiten, Dinge, über die ich in meiner Eile gar nicht mehr nachdenke, die mir schon gar nicht in den Sinn kommen oder für die ich Stunden bräuchte, um sie zu beschreiben, gar auf den Punkt zu kommen. Er, er ist immer am Punkt.

Und beim Lesen stelle ich fest, daß ich ihm zuhören kann. Stundenlang.

Ich mag es, wie er von Menschen erzählt, über sie spricht, sie beschreibt. Zugewandt und voller Respekt. Egal welcher Herkunft sie sind, in welchem Umfeld sie sich bewegen.

Jaa. Schooon. Sagt Peter Bichsel, wenn man ihn fragt: Wie geht es dir?

Fragt man ihn: Was machst du an Weihnachten, ist die Antwort: »Jaaa. Weihnachten. Jaja.«

Beides im Grunde völlig überflüssige Fragen. Seine sehr bedächtig gesprochenen, einfachen Antworten wiederum erzählen eine ganze Geschichte. Mal sind es drei Zeilen, manchmal reicht ein einziges Wort, und es entsteht diese ganz eigene detailgenaue Bichselwelt.

Die Aufforderung, diesen Band herauszugeben, hat mich sehr geehrt, dieser Autor ist für mich in der kleinen Form der Größte. Den ganzen Bichsel habe ich wiedergelesen, war wieder erstaunt, wie umfangreich sein Werk ist.

Man kann ihn immer und immer wieder lesen, immer wieder dieselben Geschichten.

Und er wird so vertraut, ich fühle mich wohl, als Leserin zu Hause. Beim Lesen höre ich ihn, man muß sich und anderen laut vorlesen, am schönsten allerdings ist es, wenn er selbst liest.

Wer sich Zeit nimmt und den Worten nachlauscht, der wird von Peter Bichsel reich beschenkt. Dieses Mal sind es Geschichten zum Dezember – und für die Zeit danach.

Adrienne Schneider

Quellennachweise

Feiertage: aus *Gegen unseren Briefträger konnte man nichts machen*
Lesebuchgeschichte: aus *Zur Stadt Paris*
Dummheit ist Macht: aus *Kolumnen, Kolumnen*
Die heilige Zeit: *Schweizer Illustrierte* 21. 12. 03
24. Dezember: aus *Zur Stadt Paris*
Bescheidenheit und Entschiedenheit: aus *Gegen unseren Briefträger konnte man nichts machen*
Zum Beispiel das mit den Käfern: aus *Gegen unseren Briefträger konnte man nichts machen*
Im Winter muß mit Bananenbäumen etwas geschehen: aus *Geschichten zur falschen Zeit*
Mann mit Hut – Ein Nachwort: aus *Zur Stadt Paris*
Am Anfang war das Wort: *Schweizer Illustrierte* 23. 1. 02

Inhalt

Feiertage 7
Lesebuchgeschichte 11
Dummheit ist Macht 15
Die heilige Zeit 18
24. Dezember 22
Bescheidenheit und Entschiedenheit 27
Zum Beispiel das mit den Käfern 30
Im Winter muß mit Bananenbäumen etwas geschehen 33
Mann mit Hut – Ein Nachwort 38
Am Anfang war das Wort 50

Persönliches Nachwort 55

 Bezugspapier: Svetlana Ivanova/Shutterstock. Gesetzt in der Schrift Linotype Sabon von Hümmer GmbH, Waldbüttelbrunn. Gedruckt auf holzfreies, alterungsbeständiges Werkdruckpapier der Papierfabrik Cordier vom Druckhaus Nomos, Sinzheim. Gebunden in Fadenheftung von der Buchbinderei Spinner, Ottersweier. Printed in Germany.
ISBN 978-3-458-19388-3

»Einfach schöne Bücher«

Im Jahr 2012 besteht die Insel-Bücherei seit 100 Jahren, in dieser Zeit sind über 1600 Bände der traditionsreichsten und schönsten Buchreihe Deutschlands erschienen.

Am 6. Juli 1912 erscheinen im Insel Verlag, Leipzig, die ersten zwölf Bände einer neuen Buchreihe. Sie heißt »Insel-Bücherei«, jeder Band, gebunden und mit Buntpapierüberzug, kostet 50 Pfennige. Der erste Band: *Rainer Maria Rilke, Die Weise von Liebe und Tod des Cornets Christoph Rilke.*

Der Insel Verlag führt die Reihe in Leipzig, Wiesbaden, Frankfurt und Berlin bis heute fort. Die Insel-Bücherei präsentiert klassische Literatur, Weltliteratur aus allen Kontinenten und moderne Texte, in Einzelausgaben und in Sammlungen, Bände zu kulturhistorischen Themen und Anthologien: »Weltgeist in der Westentasche« (Uwe Tellkamp).

Alle Bände sind typographisch individuell eingerichtet, mit Illustrationen, Fotografien, Schmuckfarben oder Vignetten versehen, auf holzfreien, alterungsbeständigen Papieren gedruckt, fadengeheftet und in dekorative Überzugspapiere eingebunden.

»Erst der Insel Verlag demonstriert,
was das ist: ein schönes Buch.«
DIE ZEIT